穿越时空，从丝绸之路的起点出发，回到今天，在古老东方的现实中游历。白振国，一个土耳其人，一步一个脚印，记录着自己的所见所闻，像当年的马可·波罗一样。

——《舌尖上的中国》导演　陈晓卿

　　据说土耳其人是突厥人的后代，突厥是汉朝走失的兄弟。我兄弟白振国（Eko）自土耳其上溯丝绸之路，来到位于西安的西北大学学习汉语。Eko用51天走遍中国，用文本、照片、视频，独自完成了新玄奘的壮举。

——新华社资深记者、著名摄影师、作家　唐师曾

　　当蓄着阿凡提式胡子的"小白"，怀着对中国文化的热爱，眨着好奇的大眼睛，扛着心爱的相机，开启他探索体验中国文化之旅时，我就知道世界上多了一个讲中国故事的土耳其人！

——西北大学国际文化交流学院院长　李振海

　　51天里一大半时间我们都是一起度过的，经历了许许多多未曾预料的事情，对于每一位同行者来说，此行都是一份美好的回忆和宝贵的精神财富。白振国（Eko）有一颗热爱中国的心，也有挑战自然极限的勇气，其户外独立生存和克服困难的勇气和能力是值得国内同龄人学习和培养的。本书展示了Eko对中国西部独特的观察视角和认知能力。愿他早日实现自己的中国梦！

——西北大学新闻传播学院教师　李常青

　　年轻时多转转，多折腾，真好！在客栈前台初遇那个特意从车站步行过来满身臭汗又满脸笑容，操着一口流利中文的白振国时，我是这么想的。

——《间隔年之后》作者　孙东纯

51天中国行
精彩尽在此处

西大三年情

UNFORGETTABLE DAYS

51天中国行

一个土耳其人的西部文化体验之旅

[土耳其] 白振国 【Eko】— 著

西北大学出版社

图书在版编目（CIP）数据

51天中国行：一个土耳其人的西部文化体验之旅/（土）白振国著.—西安：西北大学出版社，2016.1
ISBN 978-7-5604-3845-0

Ⅰ.①5… Ⅱ.①白… Ⅲ.①游记-作品集-土耳其-现代 Ⅳ.①I374.65

中国版本图书馆CIP数据核字（2016）第044016号

51天中国行：一个土耳其人的西部文化体验之旅

作　　者	［土耳其］白振国
出版发行	西北大学出版社
地　　址	西安市太白北路229号
邮　　编	710069
电　　话	029-88302590
网　　址	nwupress.nwu.edu.cn
印　　装	陕西思维印务有限公司
开　　本	880mm×1230mm 1/24
印　　张	13
字　　数	78千字
版　　次	2016年1月第1版　2016年1月第1次印刷
书　　号	ISBN 978-7-5604-3845-0
定　　价	48.00元

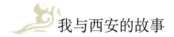
我与西安的故事

我15岁的时候第一次来到中国,那时候我还只是一个高中生,我的家人希望我多去国外看看,开阔一下眼界。我第一次来西安的时候,看到宏伟的城墙屹立在西安城中心,现代的高楼大厦和古代的建筑在这个城市里交融,当时我就爱上了这个城市。在我眼里,这个城市处处都是有着深厚历史的古建筑,同时,也有着现代化的生活气息,非常适合来工作或者读书。

当我到了兵马俑的时候,我更加深刻地感受到这座城市作为一个十三朝古都的魅力。在城墙上骑自行车的时候,我仿佛听到了几百年前的士兵在这里骑马的声音。晚上去大雁塔广场看喷泉,当喷泉开始喷出水来的时候,我跟很多中国孩子一起进到喷泉池子里玩耍,丝毫没有陌生的感觉。(是的,当时是可以进到池子里面的,但是现在不行。)

西安的美食是绕不过去的一个话题,提到西安美食必然要提到回民街,在回民街能够尝到各种各样的小吃,也给了我很多"第一次":第一次去吃羊肉泡馍的时候,一边掰馍一边聊天;第一次看见"biangbiang"面的时候,觉得中文简直太难学了;第一次要一份饺子,却还不会用筷子;第一次早上起床看见卖包子的人；第一次吃中国特有的小小的烤肉，配着烤肉喝冰峰汽水和酸梅汤更是一种令人难忘的味道；第一次吃凉皮的时候，红色的辣子油溅到了我白色的T恤衫上……

刚来的时候虽然不会说中文，但是，中国人的热情接待真的不需要语言交流。当时西安的外国人也没有现在多，走在路上，总有人向你投来好奇的目光，上公共汽车的时候会有很多人看你，走在路上还会有人来合影。在西安还得习惯住高楼，有多高呢？大概在雾霾天都看不见了！西安的热也真是个问题，大热天走在路上都快被烤化了……

暑假结束回到土耳其，老师问我们暑假都干了什么。那时候我的专业是语言学，我的同学有的去了美国，有的去了意大利，我说我去了中国，每个同学都看向我，他们都很好奇。老师问我对中国的印象是什么，让我跟大家讲一讲。那时候我在伊斯坦布尔上高中，我就说："在博斯普鲁斯海峡上面的欧亚大桥，一部分是欧洲，一部分是亚洲，我们都已经习惯了，如果我们有朋友住在桥的亚洲那边，我们就会跟他们说，你们来欧洲吧！然后他们会说，你们来亚洲吧！

我们伊斯坦布尔人觉得欧洲和亚洲之间只是一座桥的距离,我到中国后才明白亚洲有多远,这个远不是距离上的远,更是一种文化上的远。"

很快我高中毕业了,但是还没到十八岁。我买了去中国的飞机票,爸爸带着我去申请了一个新的护照(没到十八岁需要家长陪同申请护照)。那时候爸爸比我还兴奋,他很为我骄傲,告诉我:"你做了一个非常正确的决定,我会永远支持你。世界非常大,你要走出土耳其,用不同的视角去看看这个世界。"他真的非常支持我多出去看看。

眼看着离开家的时间到了,我真的要离开爱琴海边最美丽的城市伊兹密尔了!坐在去伊斯坦布尔的大巴上的第一排,我听到弟弟一直在叫我哥哥,妈妈一直在哭,他们难过的样子让我也控制不了自己了,我也开始哭了。坐在我旁边的男孩以为我只是去伊斯坦布尔而已,问我,作为一个男孩为什么要哭呢?我告诉他我其实是要去中国,他很诧异地反问:"去中国?"当我再次肯定地回答是中国的时候,他不再劝我,只是给我纸。这已经不是去一个国家旅行的事情,而是要去一个陌生的地方待很久,一定不会像在家一样,放学之后会有妈妈做好的饭，也不会再有妈妈为我洗好的衣服，也不可能一有问题就去向爸爸求助，只有我一个人。在这种悲伤中我到了伊斯坦布尔，又从伊斯坦布尔飞去了北京，然后到了西安。我到西安之后已经感觉非常好了，从丝绸之路上有着多种文化的城市到了丝绸之路上最古老的城市。我发现我一直很想念西安。

　　第一年，我在陕西师范大学和很多外国人一起学汉语，然后考了HSK5，之后选择了西北大学的广告专业。从此我在中国的生活彻底改变了，我身边的同学已经不再全是外国人，而是中国人。广告专业的老师说中文非常快，不像我第一年的汉语老师会慢慢讲。开始的时候我觉得非常困难，那时候认识了李常青老师（我会在后面的故事里经常提到他），他的支持和帮助让我有信心继续读这个专业。对外国人来说，跟中国人一起上专业课是一件很痛苦的事情，读了一年汉语班，有很多汉语作业，考试的时候中国同学已经答完了，我们却连一半都没有做完。尽管如此，我们还是会坚持，这样会让我们的中文水平提高很快。与此同时，国际文化交流学院的老师和同学也给了我很多的关心和帮助，让我更加习惯了在中国的生活。除了上课，我们还需要习惯很多东西，还有很多有趣的故事，但是现在先说到这里。

  到了大二，我以为已经很了解中国了，就开始了我的51天的旅行。51天的旅行结束后，我才明白了解中国是一件很不容易的事情。这么大的国家，还有56个民族，要真正了解这个国家真的很不容易。我从西安开始了我的51天的旅行，这个时候的西安更像是我的故乡。我已经迫不及待地想跟你们讲我51天旅行的故事了。

CONTENTS

目录

001　第五十一天
002　第一天：不回家了，在中国走走吧
005　第二天：这里是女儿国
009　第三天：今晚他会来爬你的窗吗？
018　第四天：没有艳遇的丽江，依旧如痴如醉
024　第五天：告别，一个人旅行的开始
034　第六天：生死仅在一线之间
041　第七天：安静的束河古镇
048　第八天：中国人真多！
053　第九天：硬座，我认识了更多人
057　第十天：宝鸡的地勤人员
060　第十一天：塔尔寺和转经筒
073　第十二天：河边的帐篷
081　第十三天：西宁，我还会再来
088　第十四天：丰盛的晚餐
091　第十五天：再见，青海的兄弟！

095　第十六天：第 57 个民族的感觉

104　第十七天：澳大利亚人的友谊

112　第十八天："高危国家"

116　第十九天：变成好朋友并不需要很长时间

119　第二十天：认识你很高兴，Lukas Adel RIAD！

125　第二十一天：了不起的警察

133　第二十二天：又跟李老师和刘哥一起

141　第二十三天：鸽子蛋

145　第二十四天：我已经在塔克拉玛干沙漠了！

152　第二十五天：你们有帐篷吗？

162　第二十六天："hāo luó"

172　第二十七天：你们屹立了多少年？

178　第二十八天：又回了乌鲁木齐的客栈

188　第二十九天：雨衣和雨伞（谢谢你，陌生人）

206　第三十天：哈密瓜和红色的拖拉机

212　第三十一天：莫高窟的墙

225　第三十二天：妈妈，今夜我在德令哈

228　第三十三天：开始十七天的流浪

229　第三十四天：好吃的面条

232　第三十五天：回家的路上

234　第三十六天：继续，不要停

239　第三十七天：chicken 还是 dog

240　第三十八天：爱情哪有什么国界

241 第三十九天：桂林山水甲天下

246 第四十天：来到这里以后变得更加不可满足

251 第四十一天：我只想，闭着眼睛去流浪

256 第四十二天：我期待更有故事的明天

260 第四十三天：东东和 Sayaka

266 第四十四天：北海的好朋友 Mosa

270 第四十五天：看，间谍!

274 第四十六天：没有现金，螃蟹也走了

284 第四十七天：黄昏时分，遇到善良的小女孩

288 第四十八天：鬼节?

290 第四十九天：鸡爪子为什么要留指甲

293 第五十天：谢谢你，Bobo !

297 后记

第五十一天

眼看太阳从海平面跳脱,耳听海浪拍击着沙滩。流浪狗自由地追逐在无人的沙滩上,我从遥远的土耳其来到这片"岛屿",这里的故事已经结束了。我无法用言语来表达累积在心中的万千情感,一切好似幻梦一般。旅行了许久,到过很多地方。在广袤的草原上骑马疯狂地驰骋;在曲折的峡谷中骑驴翻越山头;在路上一个人徒步;在沙漠里和朋友们一起玩;很长时间坐在慢悠悠的火车上,快艇急速地行驶在黄河上,渡船登上孤岛。在我山穷水尽时让我意外的是热情的人们的帮助,使我能够继续我的旅行。我在孤独的岛上看着太阳升起,余晖散落在海面上被一层层海浪带走,就好似我的旅行永远没有结束,只是短暂地告一段落。

第一天
不回家了，在中国走走吧

西安是丝绸之路的开端，我把它作为我用 51 天去探索中国西部的起点。我的朋友都在暑假这个时段回国和家人团聚，而我想用这个暑假更深入地了解中国。这次旅行和我大学的老师一起开始，我们有着共同的爱好——旅行，因此一拍即合开始了旅程。但是天下没有不散的宴席，因为各自的目的不同，短暂的开端后我们便各自进入不同的旅程。

首站选择中国西南部的云南省，从西安自驾去云南。李老师和他的朋友从云南西行进藏，因为外国人不允许在西藏自助游，只有政府签发特殊证明和导游一起才可以进入藏区，所以在云南我就和他们分别了。我非常渴望去到西藏感受那片圣洁的土地，但是很多情况不是我能够改变的。老师从西藏北部进入南疆的一个城市，而我会留在云南一段时间后坐火车兜一圈，从北疆进入南疆和他们会合。这是我旅行路线的基本规划。与他们分别以后，我无法预想会发生什么，会遇到什么，冒险家的精神支撑着我在陌生的国家、陌生的城市、陌生的人群里继续旅行。了解新的文化，结识新的朋友，饱览新的风景，总是让我激情澎湃。

今天我们从西安出发，抵达四川雅安。这是我第二次来到四川，路过陕西的青木川古镇，是一个因为一部电视剧出名的可爱古镇，它的炸野菜和核桃馍非常美味。印象最深的是一家烟馆，在中国有这么一段历史，关于一位英雄——林则徐：18世纪后半叶，中国有很多人抽鸦片，英国对中国的贸易也主要集中在鸦片上，林则徐禁止了英国对中国的鸦片贸易，因此英国对中国发动了战争。这就是著名的鸦片战争。我非常喜欢林则徐，临近西安的一个县城有一座纪念馆，如果你想深入了解，可以去那里参观学习。

到达雅安已经傍晚，我们就在雅江的岸边伴着习习晚风开始吃晚餐。这顿丰盛的晚餐让我第一次见到了猪脑和其他很多我不能吃的食物。我已经可以预想到旅程中有关食物的部分有很多是我没有办法完全接受的。最让我难忘的是晚餐的烤面包，因为在中国南方人多食米，北方人多食面，并没有以面包为主的餐饮习惯。在雅安，雅鱼、雅雨是当地的两大特色，那里几乎每天都会下雨。她也用自己的特色——雅雨，欢迎着我们的到来！

004

第二天
这里是女儿国

朝辞雅安,暮至泸沽湖。泸沽湖横跨两省,一半在四川,一半在云南。我们在隶属于四川的部分找到了一个旅馆,旅馆的工作人员都是当地的摩梭人。摩梭人一部分属于元代成吉思汗的蒙古军南征时留下居住在云南、四川边界一带的蒙古人,所以,至今摩梭人的身份证上写着蒙古族。我想,也许是很早以前蒙古人的军队来到泸沽湖,美丽的景色让他们流连忘返,摩梭人的历史便从那时开始……

摩梭人生活在母系家庭,奉行"男不娶、女不嫁"的"走婚"习惯。我第一次听说这种婚姻形式,身边的很多人也都觉得很奇怪,我为此特地跟当地的摩梭人深入了解了"走婚"的习俗。

第三天
今晚他会来爬你的窗吗?

一早就到了"走婚桥"。一座普通的桥为什么叫"走婚桥"呢?它跟"走婚"的习俗有什么关系呢?

摩梭人在晚上举办篝火晚会时会跳一种叫作"甲搓体"的舞蹈,这种舞蹈共有72个动作,在跳舞的过程中,一个男孩子如果看上一个女孩子,他会主动去挠挠女孩子的手掌心。如果女孩子也喜欢他,就将他的手牵起来。然后他们约定好半夜在花楼约会——花楼就是成年摩梭女孩的闺房。摩梭人走婚以感情为要素,但也有严格的限制,同村的男孩女孩不能走婚,因此,约会的都是不同村落的男孩和女孩,约会时要走很长的路,而且必须走这座桥,所以这座桥就叫作"走婚桥"。

晚上,男孩子去女孩子的花楼通常是翻进去的,因此会准备三个东西:一块肉、一把刀、一顶帽子。肉是为了喂饱女孩子家的狗,不让它乱叫。刀是帮助他爬上阁楼,从窗户进入女孩子的花楼,进入房间之前,他会把刀子插在门口,再把帽子挂上去,告诉别人,这里已经有人了。这也考验了男孩子的体力和智力。以后生下的孩子是由女孩子家养大。我的文化观让我不能接受这种走婚的习惯,但我很尊重摩梭人，希望他们的这种习俗能够一直延续下去。世界本来就应该是丰富多彩的，有各种文化。

对了，在走婚桥上你还可以尝尝产自泸沽湖的鱼和我们外国人不太习惯的牛蛙、虫子。

离开走婚桥，我们环湖一圈，游览了泸沽湖最美的风景。在"女儿国"我们停留一天，只为再看一看摩梭人"甲搓体"的舞蹈。晚上伴着篝火，我们和热情的摩梭人融为一体，载歌载舞。因为热情的摩梭人，我们在泸沽湖度过了非常愉快的两天时光。

第四天
没有艳遇的丽江,依旧如痴如醉

我们的团队中有人因为家人生病而无法和我们一起继续旅行了,匆忙地飞回家人身边。生活就是这样,你永远无法预知未来会发生什么。惜别了队友,我们剩下的人继续往丽江方向出发。这一程山路崎岖,路况不好,有一段直行的山路被封,我们绕行了将近170公里,拖着疲惫的身体终于到达丽江。马不停蹄地在丽江古城游览,这个地方给我一种意大利威尼斯的感觉,因为整个古城也是被水环绕着。古城里有很多娱乐场所,还有特色小吃一条街。很多外国人会选择在丽江度假,因为在丽江可以感受到历史和现代文化的交融。明天就要告别古城前往香格里拉,一个很多人赞美歌唱的地方。

第五天
告别，一个人旅行的开始

从丽江离开以后，我们来到了虎跳峡。虎跳峡有两个部分，你可以选择开车进入景区内部，近距离地观察神奇的虎跳峡，也可以徒步上山俯瞰整个虎跳峡，静静地欣赏虎跳峡景区的自然风光。我和朋友们开车进入了峡区深处，瞬间有一种冲动：我不要去香格里拉，我要为下一次来云南留下一点理由！因此我改变了我的旅行计划。午饭后我和队友在虎跳峡不舍地告别，告别这短暂而愉快的几日，期待分别后的重逢。我们在告别时约定了在新疆见面，队友在西藏的时候，我会从云南坐大约120小时的火车到新疆与他们会合。也许这件事情说出来很简单，但是有些人一辈子也不愿意尝试。如果你拥有冒险家的精神，你会发现这是一件很简单的事情，只为了在新疆见面……

分别后的我背负着30公斤的行囊继续上路。路途中，当地的老百姓告诉我，徒步爱好者通常是在早晨7点就背包上路，他们很惊讶于我为什么下午三点才背包上路，一路上形单影只，没有任何同行的朋友。将近10公里的山路几乎耗尽了我所有的体力。当天色渐渐昏暗，崎岖的山路上只有精疲力竭的我时，一位骑驴的长者牵着两头毛驴迎面向我走来，这感觉就像你犯困的时候有人及时送来了枕头。善良的村民看见天已经快要黑了而疲惫的我还有好长一段路程要走,发善心愿意载我到纳西。山路异常崎岖,一路上骑驴下驴司空见惯,因为山路时而狭窄,时而陡峭,在不足一米宽的垂直陡崖边还需要拖着驴子走过。短短的一段山路竟用了 3 个小时!天黑了我才找到落脚的纳西客栈,在一间阴冷潮湿且很小的阁楼里,一晚 30 块,只有一扇破败的窗框,并没有玻璃。晚饭借用了客栈老板的厨房,我跟老板分享了自带的橄榄、酸黄瓜和自己煮的意大利面。这些爱琴海人习以为常的食物却是他们从未品尝过的,作为回馈,老板炒了几个家常菜与我共进晚餐。我每天都有喝咖啡的习惯,喝过两杯咖啡以后回到自己的房间,刚打开门就感到冷风刺骨,这才发现破败不堪的窗户是根本原因。阵阵冷风就像要与我争夺主权般,满满地占据了我的房间。在这个月黑风高的夜晚,我只有翻出我的羽绒服来,才能与冷风抗争。我蜷缩在床上,开始整理今天的游记,但是各路小虫子又扰得我不得安宁。为了能安心地写作,也为了保护自己不被咬到,最终我又找出了围巾当了回"蒙面超人"。就这样,坚持到整理游记结束。我知道明天还有很长的一段路要走才能到达 Tina′s,所以我必须养精蓄锐。

　　伴着雨水滴落在木头屋檐上的声音,我听到了来自我心底的声音:为了香格里拉,我还会来到云南的。不知道在什么时候,但一定会弥补这个遗憾。

第六天
生死仅在一线之间

伴着晨露我轻声告别陪伴我一晚的阁楼，前方还有 20 公里的路程。原以为 28 拐山路是最艰难最绮丽的地方，当我走完这一段海拔 2670 米的山路才发现，之前的路途只是冰山一角。徒步爬山有很多危险的地方是无法用言语来表达的，只有你亲自去才能体验。"其实世上本没有路，走的人多了也便成了路。"在徒步的过程中，很多地方没有路，只有一块块巨大的岩石，没有任何保护措施，而岩石下面紧接着就是很深的崖谷。"世之奇伟、瑰怪、非常之观，常在于险远。"

这里还发生了一段故事。看见非常漂亮的风景，我必须拿相机记录下来。为了照片的视角更广阔，构图更完美，必须把相机放置在一定的高度。徒步时一直细雨绵绵，路上没有土，都是一块块石头，幸好有一块凸起的岩石可以让我抓住它支撑身体和相机，否则我已经在悬崖下面了。最危险的是路上只有我一个人，一旦遇到什么意外，没有人知晓，更没有人帮助我，我真正体验到生死仅在一线之间的这个说法。徒步的魅力就在于你知道它非常危险，即便如此，如果再来一次，我依旧会选择危险。这真的无法解释得清，因为它就是一种爱好。

行走在迷离的山雾之中，若隐若现的风景和从山谷上倾流而下的瀑布陪着我一路走来，使我一辈子也无法忘记这段旅程。继续行走，到了今晚要落脚的旅店Tina's，它的一面是丽江，一面是香格里拉。我选择了将香格里拉永远地留在这里，而走向了去丽江的方向。但是我没有去丽江古城，而是去了更适合我的束河古镇，它相较于丽江古城更加安静。一家拥有中式传统建筑风格的客栈吸引了我，我准备在这里留宿。现在我只想躺在床上安静地听雨落在屋檐上，看水滴成珠帘，然后安静地入梦……

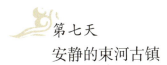
第七天
安静的束河古镇

一觉睡到自然醒。这令人惬意的地方让我放下了一路上累积的疲惫，所以我决定再住一晚，好好放松一下再继续上路。下午我借用店家的厨房，为了犒劳自己煮了意大利通心粉，配酸黄瓜和我最爱的橄榄，做出了一桌非常漂亮的食物。

客栈里有一位非常可爱的白族阿姨，我邀请她和我一起吃饭，她愿意尝我的面条，却不愿意尝我的橄榄。作为爱琴海人，我们每天的早餐必备橄榄——我在中国很难找到却非常想吃的东西，但是有些地方的人却不会去尝试一下。在饮食习惯方面，我们还是存在很大的差异。

饭后慵懒的小憩过后，伴着绵绵的细雨我将自己"流放"在这个可爱而安静的古镇。看见一家做微雕的饰品店，我很好奇这是用什么东西做的，店家告诉我，这是牦牛骨头。我为自己挑选了一枚戒指和一对雕刻挂件，这个挂件拼在一起才能看出它的意义。当地纳西族有自己的文字，是象形文字的一种。我买了这样的一幅字，作为旅行的纪念品。云南当地还有一种特色，就是他们的咖啡，我挑了一家感觉还不错的咖啡厅去试了试。结束一天的游览后，回到房间整理行囊，因为明天要去昆明。从丽江没有直接去昆明的火车，我就买了去大理的火车票，没有办法解决的问题就先放着吧，到了大理再说。

第八天
中国人真多！

　　一早就依依不舍地离开了古镇到达丽江火车站，在车站我找到服务人员，向他们解释了我的情况，热情友好的工作人员帮助我换签了直接到昆明的车票。其实有很多和我情况一样的中国人，但是他们没有办法换签，必须到大理下车再转。这让我感受到，身为一个外国人，在中国会有很多热情的人来帮助你，前提是你必须会中文。

　　到达昆明车站后，我就买了去青海省西宁市的火车票。因为没有从昆明直接到西宁的火车票，所以我得在陕西省宝鸡市转车去西宁。大概36个小时的车程等待着我。这是我第一次坐火车硬座，通常去一个地方我都会买卧铺，但是现在票已经没有了。然而我是幸运的，因为有些人的票是无座的，没有座位得站一路。这好像坐地铁的感觉，但是这不是20分钟的一段路，而是51个小时的旅程。我第一次有了中国人真多的感觉。

　　现在我想和那些充满好奇的人聊一聊……

050

第九天
硬座，我认识了更多人

一只陌生的脚搭在我的腿上，一颗陌生的头靠在我的肩上，被紧紧夹住的我睁开了双眼。这个狭小的铁皮空间所酝酿出的它独有的热情氛围是很难用言语表达出来的，必须自己亲身感受。漫长的火车旅途中，我们慢慢互相了解熟悉以后，车厢里的客人争先恐后地把自己的食物拿出来与我分享，很多人得知我在中国旅行以后，一遍遍地真诚邀请我去他们的家乡做客，孩子们排着队地想和我一起玩耍。虽然远途的硬座对于身体来说是非常辛苦的一个挑战，但作为一个外国人，硬座的气氛是你在飞机、大巴、卧铺上不可能感受到的。

有这样一幕一直让我无法忘却。当我坐在位子上休息的时候，一个小朋友跑过来拍了拍我的肩膀，将一张纸条塞到了我的手心，转身就跑走了。当我打开纸条时，一段歪歪扭扭的文字映入眼帘："外国叔叔，我想跟你握手。因为我喜欢马来西亚的和外国人。"小朋友以为世界上的外国人都是马来西亚人。虽然他对世界的认知还不全面，但在他小小的世界里却藏着一颗大大的心。我在车厢里努力地寻找这个孩子，想完成他的心愿，去和他握握手。当我找到他的时候一切都明白了——小朋友的耳朵上挂着一个机器，那是助听器。从他含

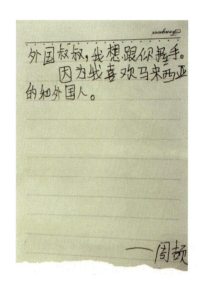

糊的言语中我意识到他听力受损，言语的表达也不好，所以他写字条给我。

还有一个搞笑的故事。我们车厢的厕所坏了，相邻的车厢是餐车，我穿过餐车想去寻找厕所，当我走到卧铺区时被乘务人员拦住了。我告诉他我要去上厕所，他斩钉截铁地告诉我，不行。这个事情一下子让我想起了电影《泰坦尼克号》里上层社会和底层人民的关系。生活就是这样，它没有绝对的平等。

最让我好奇的是火车上的乘务员中有一位推销员。他推销的产品是一筐皮带，推销方式让我很惊奇：他用皮带将自己吊起来在火车的行李架上转圈，十分卖力。我是学广告专业的，这让我反思：我们的广告营销创意赶得上他的水平么？

写了这么多有趣的见闻后，我才意识到自己明天早晨4点要在宝鸡转车，晚安，火车上热情的人们……

第十天
宝鸡的地勤人员

正常情况下我应该在早晨 4 点到达宝鸡站，但是由于火车晚点，5:20 才到达宝鸡站。我下段行程从宝鸡到西宁的车应该是 5:17 发车。预见到火车的晚点，我提前跟列车乘务员说明了我的情况。当火车到达车站时，宝鸡的地勤人员已经在车下做好接引我的准备，陪我一路小跑，我一边跑一边听到工作人员在对讲机里沟通："乘客是外国人，等他上车再发动列车……"这让我深深体会到中国人对外国人的热情。

安稳上车以后，我继续我火车硬座的旅程。下午我就到达了青海省西宁市，我在西宁的朋友来车站接我，并和他的朋友一起为我预定了晚上落脚的宾馆，还为我准备了一桌丰盛的晚餐接风洗尘。晚餐中我生平第一次吃到很大块的烤肉，当地人把这个肉叫烤瘦肉。一桌朋友里有一位在土耳其留学的中国学生，他为了不让我一个人无聊，晚上特意留下来在宾馆陪我。他的土耳其语非常溜，居然会唱土耳其的 RAP，很多土耳其人都无法用这么快的速度这么标准的口音唱 RAP，这使我非常吃惊。而且在中国，可以和一个中国人用土耳其语聊天，这种感觉非常好！他非常喜欢并且习惯在土耳其的生活，觉得在土耳其的生活就是天堂，甚至还想娶一个土耳其女孩子，以后定居在土耳其。我和他有很多共同点，我会说中文，了解中国文化，他会说土耳其语，也很了解土耳其文化，所以我们有说不完的话。并不是每个人都有机会出国留学，去了解另一个国家的文化习俗，但是至少我们可以通过一种叫作"文化体验"的旅行来深度感受另一种生活。在新的地方生活一段时间以后，对生活的看法会发生改变。并不是说和自己的同伴一起去新的地方旅行，也不是说只是去旅游景点拍一下照片再回来，而是一种以了解当地文化习俗为目的的旅行。最好的方式也许是自己去一个地方，结识当地的朋友，然后两个不同背景的人在一起交流，酝酿发酵。世界非常丰富绮丽，有很多你闻所未闻、见所未见的文化，我们不能像一个核桃一样，油盐不进，包裹着厚厚的皮。我觉得了解一种新的文化、新的生活是比买房子、车子、名牌产品更重要的事情。但是我发现如今的社会，有非常多的人一辈子围着房子打转，有非常多的人有着"财富就标志着成功"这样的病态心理。

第十一天
塔尔寺和转经筒

　　凌晨三点，我们还在聊天。好像我的对面是一个土耳其人，在和我畅谈世界文化。然后他邀请我去喝汤，因为在土耳其封斋月时人们通常会在接近日出的时候吃饭，所以土耳其人有封斋月晚上吃东西的习惯。看来他应该很习惯土耳其的生活了。我们找了很久才找到一家夜晚还开着的餐厅，店家是撒拉族人。我们喝了一种青海人叫麦仁的特色的汤，喝完汤才回到宾馆休息。

　　下午我的朋友过来接我去距离西宁市30公里的塔尔寺。这是一座喇嘛寺，我很幸运地看到了一年一次的佛事活动。整个佛事过程让我想起了萨满教，他们的佛事活动有很多类似的舞蹈动作、着装服饰等等。我很好奇地问了一下我的朋友，他说很早以前这两种信仰就已经有融合了，现在已经变得非常复杂，很难解释了。在这里有很多小孩子在塔尔寺里生活学习，他们有非常丰富的学习内容，有关宗教信仰、音乐、舞蹈的，等等。开始看到塔尔寺里导视牌上写着有关音乐、舞蹈的部分时，我还不太明白为什么，但看到这个佛事活动以后我知道了，音乐和舞蹈都是与他们的宗教信仰不可分割的部分。

　　离开塔尔寺的时候，我穿了藏族人的民族服饰为自己此行留下了纪念合照。

今天带我来塔尔寺的朋友都是穆斯林，中国回族，他们也同样感慨藏族人虔诚的信仰。藏族人把佛教"六字真言"放在转经筒里，用右手往顺时针方向转经筒，每转一圈嘴里还会默念经文。在他们的信仰里也有和我们类似的封斋，三天不能进食，只可以喝水。他们有自己独特的匍匐朝拜方式——磕长头，两只手套两只木质手把，双手在胸前击掌后，整个身体匍匐叩首，周而复始，一次又一次。关于佛教我也只是泛读过一些书籍，并没有很深的研究，所以这些见闻都来自个人，比较片面。这使我想起了一则有关孔夫子的典故——两小儿辩日。从孔夫子和其学生的问答中我体会到了一种人生哲理：当我面对不明白、不知道、不了解的事物时，应该坦诚地说不知道。

　　晚上我们回到了市中心，因为我不太喜欢住宾馆，更喜欢青年旅行社那种自由开阔的交流氛围，所以我住进了一家青旅。我非常喜欢住在这里听形形色色的人讲述他们的故事，用他们分享的旅行故事充实我的旅行，所以我在接下来的旅程中会尽量都选择这样的环境。

062

第十二天
河边的帐篷

　　好客的朋友们大清早就来接我，我们去了距离西宁150公里的贵德县野餐。在黄河边上我们搭起了帐篷，准备烤肉。说起烤肉，我们土耳其的旋转烤肉也是远近闻名，把旋转烤架上的牛肉、羊肉或者鸡肉削下来，加上配料，调拌好就是一道美味佳肴。酒足饭饱登上黄河快艇，一切都很完美。现在我就坐在帐篷旁边写着今天的游记，只是想多看看这美丽的风景。

076

第十三天
西宁，我还会再来

因为今天是周五，我们很早就回到了西宁市。穆斯林每周都要在清真寺做礼拜。我们也是为了做礼拜，去了西宁市最有名的东关清真大寺。几年前，每周五的礼拜只能去这个清真寺，这里每到周五都挤挤挨挨非常热闹。为了分流，慢慢的有些清真寺也开始承担周五的礼拜。而在斋月节日礼拜的时候，会有将近 250000 的穆斯林到这个清真寺做礼拜，这个人数让东关清真寺成为世界上聚礼人数第三的清真寺。在斋月做礼拜时，中国政府会下令将清真寺周围的所有道路交通封闭，为这些人提供一个相对安全稳定的环境。很多游客为了记录聚礼的盛况，不断地来到这里。此刻去清真寺礼拜的人已经围满了寺院甚至院外的道路，有些人把自己做礼拜用的垫子就铺在路边。

这是中国的穆斯林表达自己信仰的方式，因为在中国穆斯林不作为主体，所以相对于伊斯兰国家的人们，他们更加珍惜这种特殊的节日聚礼。

这个清真寺里还有一个小博物馆，墙上挂着很多国家的代表来访时的照片。从非洲到德国，有各种各样的团队来参访。虽然我们土耳其和他们有一样的信仰，却没有代表使者来参访这里。这让我意识到，土耳其对中国还有很多不了解的地方。我希望这两个丝绸之路上最重要的国家能够有更多友好的交流合作。

除了这些照片以外，有一幅照片让我有很深的感触，那是佛教的代表团来清真寺参访后和清真寺的阿訇一起拍的纪念照。这是宗教信仰之间相互交流的一个典范，他们不仅能够互相了解，而且能很好地交流感情，真的是非常好的一个代表。

西宁真是一个拥有独特文化魅力和精神信仰的城市。在街上溜达，有时能看见头戴穆斯林帽子的信徒、写有阿拉伯文字的门店招牌，有时能看见身裹红色披单的喇嘛、标有藏语的商店门牌，有时还能看见走街串巷的汉族人、简体汉字的商业招贴。西宁囊括着如此形形色色的文化，更代表着民族文化的和平、繁荣和昌盛。

086

第十四天
丰盛的晚餐

准备明天晚上出发去乌鲁木齐,一整天我都待在青旅里和五湖四海的朋友一起聊天,听他们讲述自己旅途中神奇的故事。我们同住一个屋檐下,在这种氛围里和拥有一样爱好的朋友们相互分享经验。也许每个人都有自己喜欢的旅行方式,或是徒步,或是搭车,或是骑单车摩托,抑或是自驾游,但是我们都在路上。我们看待生活的方式与他人有别,也有彼此相似的地方。这么多志同道合的朋友一起住当然更加有趣。与其一个人在环境孤立的无聊宾馆,我更想和这些冒险家住在一起。

晚上,青海的兄弟请我在他自己的餐厅里吃了一顿非常丰盛的晚餐。这是我在西宁的最后一晚,但是我永远也无法忘记这里。这里的朋友也是我在西安上大学时结交的,在这里有他们的陪伴,我并没有感觉我是一个外国人,这短暂的几天我是在这里生活,而并不仅仅是旅游。这是我第三次来西宁,我知道我以后还会再来的。

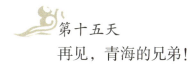
第十五天
再见，青海的兄弟！

早早地我就被人摇醒，在催促声中我睁开眼才看清，这是我在西宁的马朋友，他说道："起来，起来，到我家来！"他的妈妈为了给我饯行，早起准备了早餐。他为了带我去他家，一早就给我打了很多电话，还早早地从家里过来接我。吃过他妈妈准备的早餐，我想起了自己在家时的早餐，真的是大不相同，奶酪、橄榄、果酱……这些我们每天早餐标配的东西，在中国却很难找到。特别是青海人的早餐，真不像我们的，我们晚餐时常吃的肉类，他们早餐吃。也许是最后一餐吧，马朋友的家人真的非常热情地招待我。他妈妈没有坐下来和我们一起吃早餐，而是在一旁站着，一直关注着我茶杯里还有没有茶水，需不需要再添些。我的朋友知道土耳其人有喝红茶的习惯，还知道我们喝茶的时候会放糖。看到餐桌上放着一罐白砂糖时我明白了，一定是我的朋友在我没来的时候特意嘱咐他妈妈准备的。如此体贴的细节让我非常感动。

吃过早餐后，我一直在他家里聊天，晚上才回青旅拿了自己的背包去火车站。他的朋友都来跟我告别，还准备了礼物给我。其中一个朋友的礼物让我很惊讶，是红茶和玛卡的搭配。在此之前我还不知道玛卡是什么东西，当我好奇地发问时,他的朋友开始笑起来,一再嘱咐,这个不要在火车上喝……心领神会的我还是很谢谢他们准备的礼物。

在离别的月台上微笑着挥手告别,告别这几日愉快的旅行,告别这一群善良好客的人,向着新的故事和未知的旅程出发,伴随着朋友们的祝福。

再见,青海的兄弟!

第十六天
第 57 个民族的感觉

伴随着列车员循环往复甚至有点聒噪的售卖声，我不得不从梦中回归现实。下午到达乌鲁木齐车站的时候，映入眼帘的是印有阿拉伯文字的站牌和随处可见的维吾尔语导视牌，一瞬间还以为自己到了国外。昨天在青海见到的还是藏语，今天就进入一个全新的文化里。这里占中国国土面积的六分之一。从火车站出站后的世界与我之前到过的其他城市截然不同。武装部队随处可见，这种气氛真的很压抑。我准备转出租车去市中心，司机张口就要一百块，也不打算打表，我很生气地带着背包下车。重新等了辆出租车，司机很好心地提醒我在这里最好用英文解决自己的问题。因为中国有 56 个民族，少数民族也有不会说汉语的，所以当和一个外国人用汉语交谈的时候，他们的态度像是在对待第 57 个民族的感觉。这是一个在任何一个少数民族聚居地都能感觉到的问题。

找到了今晚要落脚的青旅，他们分给我一个 10 人间的床铺。放置好自己的东西以后，我去院子里稍作休息，顺便和这里的朋友交流一下，看看他们有没有什么更好的建议给我。一位叔叔说："要不要一起去乌鲁木齐的大巴扎？"随后我就和这位叔叔以及他的朋友踏上了去大巴扎的路。乘坐 BRT 公共汽车时，我发现这个很像土耳其伊斯坦布尔的 METROBUS，这个专用道有时候会有专门的围栏，公共汽车有的时候和其他车并排行驶在马路上。乌鲁木齐远比我想象的要发达得多。

到了大巴扎以后，给人一种置身丝绸之路的感觉。大巴扎有各种各样的干果、坚果，新疆特色的乐器，女孩子彩绘的汉娜，各种味道的香水，有异域风情的衣服帽子，等等。走出大巴扎以后我们开始逛街，突然看见一个很大的容器里盛放着满满的酸奶，还有一大块冰。这种冰酸奶的味道让我很难忘，在这种炎热的天气里喝到冰酸奶，你就能理解新疆人喝这个东西的习惯了。

逛街的时候，我还发现有一个很大的商场用土耳其语写着"土耳其名品中心"。我们很好奇地进入这个商场，其实里面的服饰品牌在土耳其不算很有名，土耳其服饰行业在全球都算是比较厉害的，不仅仅在新疆地区，在哈萨克斯坦、吉尔吉斯斯坦、乌兹别克斯坦等国家，土耳其服饰都说得上话。说到这里，我想起了一个故事：我在西安留学的时候，正值中国的土耳其文化年，所以我们准备了一个土耳其文化节。我的一个女老师来参观时，穿着一件一看就价值不菲的皮草，炫耀说这是在法国买的，打开衣服吊牌时却写着"MADE IN TURKEY"。但是在中国东部，土耳其的服饰行业还不很出名。当然，这个与中国东部人的审美以及潮流风向标有很大的关系。最让我惊讶的是看见了一个土耳其的副食品名牌，里面什么都有，好像在土耳其的超市里买东西一样。我请两位中国叔叔一起享用了土耳其巧克力和果汁。在回宾馆的路上，一位中国叔叔想买一些生活用品，所以我们进了一家大型超市，这个超市入口有安检的扫描仪，出口有穿着防弹衣的安保人员。这个地方和中国其他地区有很大的区别。

  回到青旅以后，我在院子里认识了一位和朋友一起来乌鲁木齐旅行的澳大利亚女生。他们邀请我明天一起去天池，我打算明天和他们一路，现在我要和这些可爱的人聊聊天……

第十七天
澳大利亚人的友谊

和朋友们聊天直到早上七点才睡觉,九点半起床和澳大利亚的朋友结伴去天池,和他们俩共同度过了非常美好的一天。这两个旅伴都是游泳教练,女生住在上海,而且中文非常好,男生是华裔澳大利亚人。这是两个非常有趣的人,在天池游泳是被禁止的,但是他们冒险在这里一展身手了。我觉得这是非常有意义的一天,至于为什么,看看土耳其的历史就会明白我的意思了。第一次世界大战期间,奥斯曼土耳其帝国被很多国家侵略。在土耳其加里波利半岛发生了一场战役——著名的恰纳卡莱之战,它始于英国法国联盟的一个海军行动,目的是强行闯入达达尼尔海峡,打通博斯普鲁斯海峡,然后占领奥斯曼帝国首都伊斯坦布尔。澳大利亚和新西兰专设的澳新军团是这场战役中英法联盟的重要援军。虽然奥斯曼帝国赢了这场战役,爱琴海却已经不再是蓝色,而变成了红色。现在那些伤亡战士的坟墓都留在土耳其。今天的澳大利亚人会为了纪念在战争中牺牲的战士们而来土耳其。虽然我们的先辈曾经敌对,但是我们年轻人都将历史深埋在心,依旧对未来怀揣着和平的希望。在中国这个局部地区有些许不安宁的地方,我希望这个愿望也可以实现。澳大利亚朋友跟我讲述他们曾经在这里的广场上和回族、汉族、维吾尔族的人们一起舞蹈、一起玩,这是最重要的事情,其他的都不再重要。人们常说,所有问题都是人的问题,所有人的问题都是沟通的问题。男生和女生之间,个体与集体之间,民族与民族之间,国家与国家之间,都是沟通的问题。我更希望有一天我们能翻过历史旧的篇章,开启和平的新纪元。

晚上回宾馆以后,为了吃晚餐我打算出去,这时在院子里看到一个外国人,他的鼻子上和脸上有一些伤口。当我们四目相对时,我问他:"你吃饭了吗?"他回答说:"去吧!"这是一个非常热情的德国人,他叫 Lukas Adel RIAD,在成都留学了两年,毕业后从成都到西宁骑行将近 900 公里。他买的是一辆二手自行车,在西宁的路上就坏掉了,于是转乘火车到达乌鲁木齐,还将破车邮寄到乌鲁木齐。他现在在等他坏掉的自行车明天从西宁寄过来。一起吃饭时,我感觉我们俩像是相识很久的兄弟。他看着我笑,我也看着他笑,这样一路相视笑着,谁也不知道为什么会这样。

我非常佩服他,他是一个真正的冒险家,在什么都不知道的情况下就凭借着一股对旅行的向往上路了。后来才知道他脸上的伤是因为在骑行过程中没有任何防护措施和准备，赤裸裸的被晒伤的。他只是想骑自行车回德国，然后就买了一辆二手山地车出发了。

今天能认识你很高兴，Lukas Adel RIAD！

第十八天
"高危国家"

下午起床的时候,德国朋友已经去接他的自行车了。我去前台咨询了去乌鲁木齐博物馆的线路,热情的前台姑娘说她可以陪我一起去。到了博物馆,我看到了距今3500年的干尸,真的给我一种无法言表的感觉。

还遇到了一件非常奇怪的事情。我去一个银行打算办卡,当我到银行柜台询问说:"我是外国人,可以办卡么?"工作人员很爽快地说可以,但是他看了我的护照后,脸色却变了。他关掉面前的麦克风,拿起电话打给某人,然后直接跟陪我一起来的女生说土耳其是高危国家,这里不可以办卡。我无奈地笑了出来,想还是算了,回宾馆吧!我是爱琴海人,我们钓鱼,自己种菜,晚上在院子里烤肉,和家人一起打土耳其麻将,邻居都有我们家的钥匙,真的么?我是在这样一个危险的国家!就算我的国家发生了战争,但是我在国外旅行,而且我有中国政府给我的留学签证,我是一个游客,只是想办一张中国的银行卡。算了!最后我只是笑笑,然后回到宾馆跟德国朋友聊了聊天。就这样……

第十九天
变成好朋友并不需要很长时间

　　德国的朋友没有去过乌鲁木齐的大巴扎，所以我决定带他去。在大巴扎的时候我买了一把小吉他，因为德国朋友明天要离开，这把吉他将会陪着我继续旅行。今天的气氛有一些伤感，我们并没有说很多话，因为他邀请我和他一起骑自行车回他的家乡，但是我没办法和他一起。这让我发现，有的人变成好朋友并不需要很长时间的相处。

第二十天
认识你很高兴，Lukas Adel RIAD！

很早就起来和德国朋友道别，我们依旧相视，只是相识欢乐，离别沉默。和他在一起的时光很愉快。早上 7 点他就离开了。虽然我的火车还有六个小时才发车，但是我已经不想继续留在这里，随即收拾背包离开了旅馆，准备去往和老师们约定会合的新疆南边的叶城。

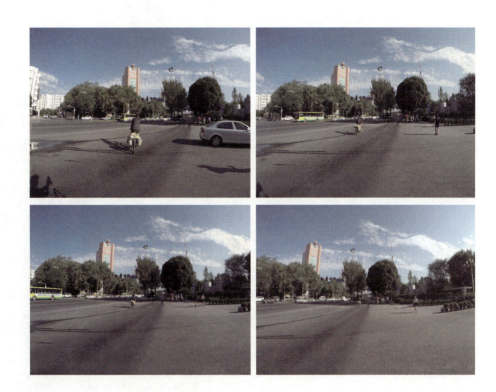

第二十一天
了不起的警察

我去火车上的餐车吃饭时,被列车上的警务人员拦住询问是哪里人,我告诉他之后,他开始跟我讲土耳其语,我惊呆了!他说他学了一段时间的土耳其语,他是维吾尔族警察。在中国,每个地区都有本地的警察,这样哪个地区的少数民族如果不会说普通话的话,这些少数民族的警察会来解决问题。用这种方式来解决少数民族之间语言交流的问题,在一个有这么大的土地面积,有这么多种语言的国家,是很好的。

下午就到了叶城,车上的乘客帮我找了一家宾馆,这个城市只有一家宾馆可以让外国人住,因为中国政府担心在华外国人的人身安全。

将东西放在宾馆以后,我开始在城里溜达。城里的安保设施很多,道路上也有很多限速用的路障。通过当地老百姓眼中的好奇就能明白,这个城市鲜有外国人到来。市中心有一个清真寺,商铺围绕在清真寺四周,这是伊斯兰教和佛教一个很大的差别:佛教的寺庙都是建立在偏远的山林里,伊斯兰教的清真寺都是建立在中心位置,很多人会围绕着清真寺生活。

最让我震惊的是这里的人吃鸽子,路上有很多卖鸽子肉的。建议大家一定尝尝放盐的酸奶，和我在乌鲁木齐喝的有很大的差别。新疆真的是一个非常大的地方，北疆和南疆的差别非常大，吃饭的习惯都不一样。语言的差别也不小，北疆人来南疆的时候也听不懂当地人在讲什么。我在这儿静静地等老师和他的朋友们来和我会合。旅途开始第五天就分道扬镳，如今应约再次会合，如同要和朋友见面一样。长途火车对于有些人是一种冒险，然而对于一个冒险家早已不足为奇。

第二十二天
又跟李老师和刘哥一起

　　早晨和老师一起收拾了车然后出发。这次我们的团队有一些改变，除了我，还有李老师和我的学长刘哥，以及新加入的我们学院的一位女老师。第一站是做刀子最有名的地方——英吉沙，很多人来这个地方买当地非常漂亮的宝刀。在土耳其、美国以及世界上其他很多国家，只要出示相关证明便可以买到枪械等防卫武器，但是在中国，连警察都有非常严格的单警装备配备标准。这样的社会环境让我这个外国人特别有安全感。在这个地方短暂的停留以后就出发去喀什。在喀什看了香妃墓，香妃墓是一处典型的伊斯兰建筑群。传说，这个墓里埋葬着一个叫伊帕尔汗的女子，她就是中国乾隆皇帝的爱妃——香妃，她出生的时候身上就带着一股沙枣花香。她在京城因病身亡后，124个人花了三年时间从北京把她的尸体运到了喀什，埋葬在这里。

　　在新疆有这样一句话："不到喀什，不算到过新疆。"这里好像国外一样，有一些餐馆里甚至没有中国字，都是维语。从叶城到喀什我们路过了十多个检查站，警察看见车上有一个外国人的时候都很照顾我们。在经过一个军人检查站时，中国军人看见我时向我敬礼，我也很开心地跟他们打招呼，所以，有些外国人担心在新疆的安全,以我所见这有一点夸张。也许中国对新疆的管理比其他地方严格一些,有很多检查站什么的,但是这个地方给我一种很特别的感觉。

晚上在喀什最有名的艾提尕广场吃了非常美味的新疆烤肉,配着放盐的酸奶。随后我们找到了留宿的宾馆,准备休息调整后去和田。

第二十三天
鸽子蛋

　　我们在艾提尕清真寺旁边吃了早餐后进去参观。在喀什真正感受到丝绸之路的文化，清真寺是城市的中心，商业也是围绕它展开的。人们的生活也和清真寺紧紧联系在一起。看完清真寺后，我们去了喀什的大巴扎，当地的服饰和一些现代的产品都可以在这里买到。我最喜欢的是他们的帽子，住在当地的哈萨克族人和吉尔吉斯族人，从他们的帽子就能区分出来是哪个民族的，而且这些帽子价格也不便宜。逛完大巴扎，我们就出发去了和田。

　　晚上到了和田，首先去了美食街。吃新疆烤肉串时，我第一次看到了一种特色的烤蛋，客人围坐在烤炉旁边，一边吃一边聊。我们也打算尝一尝。我们从最小的烤蛋开始尝试，这种最小的蛋一个就10块钱。我发现一颗和我手掌差不多大的蛋，店家说也是10块。不明所以的我们继续追问后才知道，原来我们吃的最小的蛋是鸽子蛋，虽然小，但贵一些。虽然我在叶城没有吃鸽子肉，但是在和田吃了鸽子蛋。

144

第二十四天
我已经在塔克拉玛干沙漠了!

从和田出发去库车必须经过一段 500 公里的沙漠,这就是塔克拉玛干沙漠。"塔克拉玛干"源自蒙古语,意思是进去就出不来。这是世界上第二、亚洲最大的沙漠,经过它的时候,我的感觉真的说不出来。我的梦终于实现了,我已经在塔克拉玛干沙漠了!

今天的旅程中惊险的时刻是,我们为了吃饭在进了沙雅县之后停车找饭店,下车后有很多人在身后叫喊,回头才发现有警察向我们跑来。路边有很多治安执勤车停靠点,他们带我去那个地方登记后才放我离开。但是在吃饭的时候警察又来了,说:"我们要带外国人去派出所。"刘哥跟着我一起去了派出所,这里有一些警察不会说汉语,一个会说汉语的警察开始查看我的护照。我解释道:我是留学生,有签证,这次是来新疆旅行。因为他一直盯着我 2014 年的签证,所以我不得不提醒他,后面有新的签证。之后我的护照就开始在派出所里的警察手上传阅,他们好像在看合影一样。我感觉他们并不知道要检查什么,也不知道为什么要我来派出所。我们只是为了吃饭才进入这个小县城,却遇到这种情况。在中国,我去过很多地方,但是还没有遇到过这样的事。所以如果你是

第二十五天
你们有帐篷吗？

在库车休息调整后，我们驱车继续向巴音布鲁克草原出发。我们的路线是独库公路，这是一段自然风光非常秀丽的旅程，伴随着沿途的美景，我们到达了目的地。巴音不允许私人汽车驶入，我们换乘保护区的大巴进入草原腹地——可以骑马的地方。途中有两个多小时都在骑蒙古大山马。我们土耳其人有这样一句话：作为一个土耳其人，有三个重要的东西——马、老婆、武器。这是现在我们土耳其年轻人之间经常开玩笑时讲的一句我们爷爷说过的话。曾作为游牧民族的土耳其人一辈子生活在马上，一手拿着武器，一手牵着爱人。但是骑了两个小时后，我的腿已经麻木失去知觉了，更不用说刘哥了，每次看见他骑马时的表情我都要笑死。看见筋疲力尽的队友，我一时兴起拉起马儿的缰绳在广袤无垠的草原上驰骋，一会儿这边一会儿那边，好似整个草原上只有我一人。在我心里只有一种感觉——自由。

驰骋草原后，太阳快要落山了，我们顺势去了一片视野广阔、丰水环绕的地方看日落。时间总是如白驹过隙，离别在即，虽然我的心想留在这片土地上，但是我的脚必须走，然而我的脚好像也不行了，走不动了。

离开这片美丽的草原,我们去寻找入住的旅店。其实按原计划今天是要在野外搭帐篷露营的,因为天天住宾馆会慢慢失去旅行的感觉。我下定决心今晚一定要搭帐篷,但是随行的女老师不同意,可是没办法,我已经下定决心了。这和我的性格还是有很大关系的,一旦决定做什么事情,就一定会去做,并且尽可能地做好。我不想给我的团队增添麻烦,但是我也不想改变我旅行的方式。

路上看到一家青年旅社,我妥协到可以不搭帐篷,但是至少要住在青旅,和当地人交流,问问他们的想法。李老师了解我是一个倔强的人,所以他看着我笑笑,点头答应。但是青旅的工作人员出来接待我们时,告诉我们已经没有床位了,就连沙发上都有客人。李老师无奈地看着我,我也很无奈。正在这时,老板说:"你们有帐篷吗?可以在楼顶搭帐篷的。"一瞬间我们都笑了。有时候你非常想做的事情,仔细看看其实已经实现了!终于能在楼顶搭帐篷了,可是风太大,我无法同时固定两个角,总是一边钉好另一边飞掉,一遍又一遍的,平日里最简单、最熟悉的操作此番却让我筋疲力尽。一天下来,虽然身体极度疲惫,可是心里因为帐篷的事情异常开心,我就是喜欢这种感觉,这是我欣赏并且追求的旅行体验。每天固定的节奏、做重复的事情会让我崩溃，所以今天我非常想搭帐篷，所以我也不太适应城市的生活。在城市里我觉得自己就像机器人一样，机械地做着相同的事情。在我看来，最悲哀的事情莫过于在同一个城市出生、成长、死去，从来没有去外面看看的时间，生活得没有一点好奇感，不想看看世界都发生了什么，不想知道其他地方的人在做什么，他们有什么习俗、习惯、文化。就真的不想知道吗？还是有其他原因？

156

# 第二十六天
"hāo luó"

为了骑美丽的伊犁马，同时为了了解哈萨克族人的生活，我很早就到了那拉提草原。骑马大约两个小时就可以到达山顶。为了照顾不会骑马的游客，会有哈萨克族的小朋友和他们一同骑马，陪伴他们到达山顶。我会骑马，所以我一个人骑马登上山顶。路上有一间精致的哈萨克族的历史博物馆，可以下马进去看看。

在这里工作的哈萨克族小朋友都穿了统一的T恤衫，山路上和小朋友们聊天，他们在得知我来自土耳其以后，便更加热情地对待我，跟我说他们看过这个土耳其电影、那个土耳其连续剧。在我第一年学中文的时候，我们班有一位哈萨克斯坦的同学，他对土耳其人也非常热情。其实在乌兹别克斯坦、吉尔吉斯斯坦、乌克兰，还有很多阿拉伯国家，土耳其的传媒业对当地文化都有很大的影响，大家都有土耳其很热情的感觉。我在新疆街上溜达的时候也看到了很多土耳其电影电视的宣传海报，甚至在咖啡厅里听到的音乐都有来自土耳其的。这么多民族、国家对土耳其都很热情，这给我极大的愉悦感。

下午从那拉提离开，到达伊宁市。因为和队友彼此之间还是有一定的年龄

差、代沟，生活习惯上还有需要磨合的地方，他们晚上想出去放风，而我决定自己去外面喝咖啡。陌生的城市，陌生的街道，独自在街上徘徊，想到我的家人朋友在爱琴海边溜达的时候一定无法想象我在这么宽广的地方独自行走。寂寞已经侵蚀了我的身心，孤独也涌上心头。这时街对面一位叔叔扬着一脸的微笑，伸出右手，用很风趣的声音说着"hāo luó"（hello），低落的情绪瞬间灰飞烟灭，被一种莫名的亲切感取代。有的时候，来自陌生人的微笑或是招呼都会让你收获简单的幸福。

168

第二十七天
你们屹立了多少年?

今天,我们为了参观伊宁市昭苏县的草原石人,早早就出发了。草原石人许多是以石材为主雕刻的石像,它们是中国隋唐时期活动于天山以北的突厥民族的文化遗存,它们守护着突厥民族的墓地。突厥族就是从这个地区迁往欧洲,直到西方后开始融入伊斯兰教。然而土耳其作为欧亚大陆的桥梁承接着东西方的文化,致使两者的文化差异非常大。早先突厥族人矮个子,小眼睛,黑直发,而现代土耳其人高个子,黑头发、黄头发、棕红头发、直头发、卷头发,什么样的都有,所以现在的土耳其好似变成了一个欧洲国家——时间跨度太大,土耳其人和早先在亚洲时的模样有了很大的差别。我身处在这片墓园时,有一种回到过去的感觉。

离开这片墓园的时候,一路回望祖先石像,带着这份温暖的感觉前往新源县,晚上吃了好吃的新疆烤肉。回床上躺平整理我的游记……

第二十八天
又回了乌鲁木齐的客栈

整整一天驾车行驶在216国道上,从新源到乌鲁木齐。在这条好像是冒险家的赛道上,走了一天危险的山路,晚上才到乌鲁木齐。吃过晚饭,队友们在当地一所大学里找了家宾馆,却又禁止外国人入住。正巧我也想继续住在第一次来时住过的青旅,于是我就打电话给青旅的老板。他一听我的声音,就很亲切地问候我:"土耳其朋友,你在哪里?"

我询问是否还有房间,他说:"为了你随时都有地方,来我这里不要钱,你来就行了。"一进青旅的院子,老板看见我就上来把我抱住。这时老板的电话铃响起,是一位背包客的致电,我很清楚地听到已经全部预约满了的回答。他带我进房间放背包,我一眼就看见了墙上的照片,是老板本人。他让出自己的房间给我住,我感到很不好意思。可是老板说没事没事,自己却在院子里搭起了帐篷。我要缴纳房费,他也执意不收,只是说:"你来就好啦。"

晚上我们一直聊天,老板说:"我虽然是新疆的汉族人,但是我也没有去过南疆,你能不能跟我描述一下你眼中的南疆……"我想回报他,决定明天早上给他做一顿土耳其早餐。可是这里没有奶酪,没有橄榄,没有果酱,连面包都没有，我不知道该怎么办……

　　这时，在院子里围坐着玩纸牌游戏的游客叫我一起，因为想起之前德国的朋友，我的心情不是太好，我们在这里一起留下了很多愉快美好的回忆，但是现在只留下我一个人，他不在这里，我也不知道他在哪里……所以婉言谢绝了这群热情的游客，我回到房间想早早休息。其实我的性格就是这样的，再次来到同样的地方，充斥在这儿的回忆会让我有一种物是人非的伤感和一点点苦涩的感觉。所以我尽量避免出现在到过的地方，这也是我喜欢旅行、喜欢去很多新的地方的原因。我看到有些人在郊区买一栋别墅，每年都去那里度假，我想我不会做这样的事情。我没有稳定的生活，一直在向前走，从不敢看身后的回忆。明天又要离开这个地方了，也不知道以后还会不会再来。

第二十九天
雨衣和雨伞（谢谢你，陌生人）

早起是为了回报老板给他做早餐，我去厨房看到的却是坏了的鸡蛋上爬着几只蚂蚁，冰箱里的牛油也已经发霉长出白色的菌斑，三明治硬得像石头一样，可以吃的只有两根黄瓜、一个玉米罐头和一些酸奶。只用这三样食材我就做了沙拉，我问自己，土耳其丰富的早餐就这样被代表了吗？

下午才和队友在大巴扎会合，时间还很充裕，我还想再去大巴扎，进那里的书店看看。但是雨水瓢泼似的，我的雨具都在队友车上，只有现在的T恤、短裤、拖鞋，一副在海边度假的样子。老板好像看穿了我的心思，拿出自己的雨衣给我。我激动不已地说道："兄弟，我今天要离开这个城市，不知道以后还会不会回来。"他打断我的话："我不是借给你，我送给你。"穿上雨衣，告别老板，我大步向书店的方向走去。在书店里找到了喜欢的书，正要出去时，一位叔叔问我："你没有雨伞么？"

"没有，叔叔。"

叔叔递过一把雨伞："你拿着这把雨伞。"

"我不能收这个。"

叔叔诚恳地说："没关系，你以后可以给我。"

"叔叔，我不住在乌鲁木齐，下午就要离开这个城市。"

叔叔再次把伞递到我面前："那我送给你！"

我想给他钱，可是他转身就匆匆地走进了商场。一早发生的这两件事情，让我的心温暖又感动。非常感谢热情的乌鲁木齐朋友，我知道这个城市有很多善良友好的人。拖着进水的拖鞋，疲沓地走在雨街上，漫无目的地就溜到了大巴扎，也好再看一眼乌鲁木齐美丽的大巴扎。进了之前买小吉他的那家店，和老板聊聊天，他邀请我一起唱一首歌，我很欣然答应了他。伴着琴声拜别了乌鲁木齐，耳边回响着老板的话："再来乌鲁木齐，我们一定再一起弹……"

再一次上路，目标达坂城。这个地方因为一个歌手一首脍炙人口的歌曲《达坂城的姑娘》，一瞬间火了起来。一路上伴着这首民族歌曲我们到达了达坂城。我最喜欢这里的城门楼，复古的格调，好像在捍卫守护着这座城。

离开这个地方我们又去了吐鲁番葡萄沟，转着转着，发现这里还有一座王洛宾纪念馆。参观完纪念馆，我们到晾制葡萄干的晾房，看到晾房内部摆放着晾晒葡萄干的木支架，新鲜的葡萄在这里经过很长时间的脱水晾晒，才能变成我们常吃的葡萄干。在这个过程中，我们认识了一位当地人，他带我们去他拥有一片葡萄园的家里吃饭。我们放肆地吃着葡萄，从未吃过这么多葡萄，饭盛上来的时候我的肚子里已经没有任何空间了。在农家吃饭很便宜，吃的葡萄也不要钱。你们来葡萄沟一定要去当地农家吃饭，跟本地人聊天，跟他们的孩子玩。我们从葡萄沟离开的时候，一家人在车后边不断地挥手告别，直到我们的车消失在转角。

今晚我们在鄯善县休息，明天继续旅途。

第三十天
哈密瓜和红色的拖拉机

从鄯善县出发,晚上到达敦煌,我们经过一段漫长的路程。在敦煌市落脚后,明天要去世界著名的莫高窟。莫高窟一年四季接待全球纷至的旅客,门票是需要提前很久就在网上预订好的,我们的旅程没有过多的计划和安排,只能请当地青年旅社的老板用两倍的价钱买了门票。

在路上我们结识了一对卖哈密瓜的夫妻,忘不了他们挂在脸上的微笑。他们一定生活得非常满意非常有幸福感,尤其是那位丈夫。虽然不知道他的名字,但是他的长发和扎在一只耳朵上的三个耳饰,以及我们在合影时他很热情地一把将手臂搭在我的肩上,还有他红色的拖拉机,都深刻地留在我的记忆中。

208

第三十一天
莫高窟的墙

来到这里,一下就被莫高窟墙上的壁画和佛教塑像深深震撼了。很早的时候,法国的一位考古学家从这里盗取了一部分非常精美的壁画,现在陈列在欧洲的一些博物馆。2008 年在中国举办的奥运会开幕式上也出现了敦煌火焰的标志,这也象征着中国文化的交流传播,以及对于历史悲剧事实的正视。

其实我更喜欢河南洛阳的龙门石窟,当然它们两个风格迥异又各具特色。洛阳龙门石窟有一条河依傍着,会给人更加深刻的自然与人文交相呼应的完美体验。这只是我个人的感觉。

离开莫高窟后我们去了鸣沙山月牙泉,通过天梯爬上鸣沙山的山顶,找到了沙漠的感觉。在这儿我变成了一个孩子,在无尽的沙漠里跑上跑下,翻来滚去,沙子灌入我的衣袖、口袋,无处不在。最后,我爬上了鸣沙山的最高点,看着太阳渐渐西落,而身旁的沙丘用它天然的肌理将我的影子分割成无数的碎片。山下就是美丽的月牙泉,而我慵懒地躺在温暖的沙堆上,享受着片刻只属于我的时光。我的祖国土耳其三面环海,北边是黑海,西边是爱琴海,南边是地中海,没有沙漠,很多人一辈子都没有机会亲眼看到、亲身感受真实的沙漠,只能在银幕上看到这感人的自然景观。我不知道还有多少机会可以亲近沙漠。

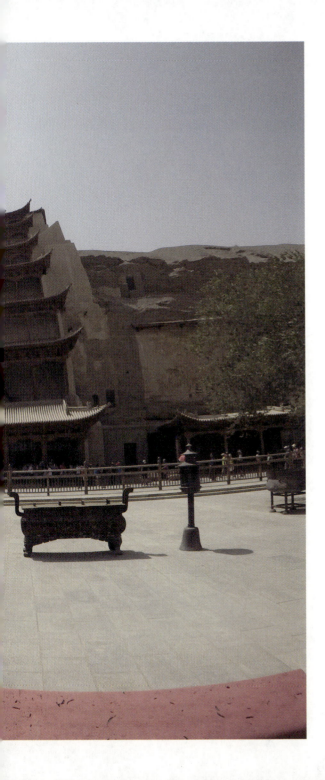

216

220

224

第三十二天
妈妈,今夜我在德令哈

从敦煌穿过阿尔金山到达德令哈,我想起中国朋友曾经告诉我的一首关于德令哈的诗——《姐姐,今夜我在德令哈》。

姐姐,今夜我在德令哈,夜色笼罩

姐姐,我今夜只有戈壁

草原尽头我两手空空

悲痛时握不住一颗泪滴

姐姐,今夜我在德令哈

这是雨水中一座荒凉的城

除了那些路过的和居住的

德令哈……今夜

这是唯一的,最后的,抒情。

这是唯一的,最后的,草原。

我把石头还给石头

让胜利的胜利

今夜青稞只属于他自己

一切都在生长

今夜我只有美丽的戈壁 空空

姐姐,今夜我不关心人类,我只想你。

  中国真的太大,大到你从一个省进入另一个省就好像去了其他国家一样,因为人们的语言、模样、习惯、信仰都可能不一样。就好像在欧洲,英国人讲英语,法国人讲法语,德国人讲德语,在那么小的一片土地上就有这么多不同,更何况在如此辽阔的中国。我觉得外国人对中国存在的最大的认知错误就是这方面的。比如说中国人吃狗肉,这也仅仅是在中国南方的一些地区,并不是所有中国人都如此。广西人的狗肉节在外国人眼里就类似于伊斯兰教的古尔邦节,是一个全民全国欢庆的节日。吃米饭也一样,在中国,吃米饭的习惯多在南方,而北方人多喜面食,有的地区甚至一日三餐都是面条。有着56个民族的大中国,不要说每个民族有不同的文化习俗,单就汉族都有很多不同的文化习俗。单就我在中国这几年听到的方言就比土耳其一个国家的多。如果还要比较南北方语言的差异，那真的是你想不到的！所以，我们在不了解一个国家或者地区的文化时不可以以偏概全。如果你想深入了解中国，一个省一个省地了解出来的也不是整个中国。

第三十三天
开始十七天的流浪

从德令哈出发，到了中国最大的咸水湖——青海湖。越接近青海湖，佛教的气息就越浓厚，随处可见的经幡是带给青海人民平安和幸福的标志。青海湖周边聚居着藏族和蒙古族。青海湖对于当地人民来说是神圣的，所以他们会围绕着青海湖跪拜。在这里也可以看见骑自行车的旅行者。在青海边上，还有一种别样的信仰祈祷形式——玛尼堆。在这里他们有特殊的婚俗方式：

如果家里有一个正值适婚年龄的女孩，这家人就会在自己家的帐篷旁边再建一顶不一样的帐篷，这样从很远的地方就能知道这家有一个待嫁的女孩。想结婚的男孩，会骑马在草原上一个帐篷一个帐篷地看，如果遇到心仪的女孩，他们会在帐篷里住一个星期，之后离开帐篷。一年以后回到这里，如果这个女孩生下了一个孩子，他们会带走这个孩子；如果没有，他们就离开。这让我想起泸沽湖摩梭人的习俗。每个民族都有适应地域环境的不同习俗。

今天晚上到兰州后我会和李老师的团队分别，我想去广西看海。我是爱琴海人，对海有一种特殊的情感，我想去看看中国的海。李老师已经习惯了我的随性，感谢李老师和刘哥和我一同走过了旅行中很重要的一程。

第三十四天
好吃的面条

独自在兰州睡到自然醒。昨天李老师给我留下了他车上剩下的所有面条。借用了住地的厨房，但是我只有面条，没有植物油。看到厨房里有油，我问是否是动物油，他们说不是。做完面条后，我发现这个味道太奇怪了，但是又做了很多，就拿出来和青旅的人分享。但是他们并没有什么反应，吃完后还说很好吃，然而我自己的面条都没有吃完。

晚上和两位从拉萨骑摩托来兰州的一个香港伙伴和一个云南伙伴一起聊天，我跟他们说我明天离开去桂林，约他们晚上一起去看黄河。那个香港的朋友在老板来时问老板能不能换房间，我很诧异为什么换房间，和他一同过来的朋友说："对啊，你不是说换房间吗？"可是我想表达的是我们去看黄河。这样的事情我和一个香港人在从伊斯坦布尔去伊兹密尔的大巴上也遇到过。在我们聊天的过程中，他会时不时翻开字典。有的时候，一个香港人的中文水平可能还没有一个外国人好。

终于，晚上我们一起去了黄河边，领略了被母亲河分割的兰州两岸的地域风景。

晚上回到青旅的时候，我非常好奇下一站我会遇到什么故事。

第三十五天
回家的路上

上午十点我就离开了青旅。距离发车还有三个小时，可是我用了一个小时也没有等来一辆出租车。我还没有取出我的车票，我需要早些到达车站取票。中国人真的太多，排队等候一两个小时的事情很常见，所以我坐了摩托车。在中国，这种以摩托车作为"出租车"的情况非常多见，但它在我们国家没有。到了火车站的候车室后等待发车，突然有一位热情的阿姨过来和我聊天，还回去拿了很多桃子过来给我。当她知道我 21 岁的时候很吃惊，我居然一个人旅行。她还担心我的家人是否放心我独自外出。我想了想，觉得我的妈妈应该会担心我，但是更多的是支持我。阿姨说："如果你只是学习你的文化，知识永远不会更高更深，应该走出去看看。"中国也有这样的古语："读万卷书不如行万里路"。在我们继续聊天的过程中，我送给阿姨一把印有土耳其国旗的钥匙。很紧张地告别后我就登上了火车。我现在先去西安待一个晚上，然后转车去桂林。

西安这个十三朝建都的古城，我在这里上的大学，来到这里我总会有一种回到家乡的感觉。

第三十六天
继续，不要停

　　昨天晚上我没有回家，找了一家青年旅社住下了。我不想回家，因为回家我就回到了旅行的起点，还没完成我的旅行，所以西安只是我转车的地方。西安是上天给我的一个礼物。我在伊斯坦布尔待了7年，之后来到了丝绸之路的起点，这两个城市之间的路好像是我的缘分。

　　现在我在西安明城墙边上的火车站，等一趟去桂林的列车。

第三十七天
chicken 还是 dog

晚上十点我就到了桂林。下车后桂林炎热的天气、狭窄的街道，给我一种身处越南的感觉。晚上找到的青旅是在一栋破旧的老房子的顶楼。我问了老板晚餐的事情，他说青旅也会做饭的。我讲中文，可是老板似乎想用英文沟通，于是我也开始跟他讲英文。问了他有什么，他回答"chicken，dog"。我就想起广西出名的狗肉节。心里还在想，这真的是很平常的一道菜吗？我又一次很好奇地问他，真的是 dog 吗？后来才发现其实他是想说 duck。最后端上来的菜肴是 duck，而我依然不敢吃。于是我请求老板做个西红柿炒鸡蛋。我端着我的晚饭来到楼顶，就着楼顶的风景吃下我的晚餐。

第三十八天
爱情哪有什么国界

坐大巴来到桂林的阳朔县，下车后立刻被 30 多个当地人围住了，他们嘴里机械地念道："找宾馆吗？找宾馆吗？"被这么多人簇拥着不让走，还真有一种明星的感觉。这么热的天气，我背着所有的行囊，艰难地从他们中间挤出去，向着阳朔中心徒步。这么热的天气让我想起了吐鲁番，但是吐鲁番都没有阳朔热。

一路都在找青旅，在比较偏远的地方找到了一家非常漂亮的青年旅社。旅社的老板是一个非常热情的人，老板娘是一个日本人，两个人在这里生活得很甜蜜。我一听说他的老婆是日本人，我非常开心，因为中日关系现在不是很好，但是他们的爱情战胜了一切。我相信他们两位看待生活的方式一定和别人不一样，这让我感觉非常亲切。

吃过晚饭，我一个人坐在院子里，开始欣赏桂林的美丽，弹着我的小吉他，沉浸在我的琴声中……

第三十九天
桂林山水甲天下

今天我打算租辆摩托车去阳朔转转，不知不觉就骑到了杨堤，看到了漓江上漂泊的船只，就想坐船看看两岸的风景。因为我还有摩托车在旁边，只能把它带上，让它陪我一起欣赏桂林山水。慢悠悠地跟着船只饱览了漓江两岸如画的风景，并没有预期就到了兴坪古镇。在这里才能领略到中国人所说的"桂林山水甲天下"。

很早就知道人民币背后的故事，一直憧憬着来这里看一看。拿着地图，骑着摩托车，摸索到20块人民币背后的美景。在这里完成了我来中国的一个心愿，留下了能够珍藏的美景，这样我就可以把它带回家了。

跑了一天回到青旅，我都不舍得回房间休息，留恋地坐在院子里的长凳上继续欣赏桂林的山水，哪怕多一秒。对这里我只有四个字的印象——世外桃源。

第四十天
来到这里以后变得更加不可满足

我依旧骑着那辆摩托车,流浪在阳朔的街头,吃很多很多新奇的水果,一整天。

回到住所后还是留恋桂林的山水,觉得自己来到这里以后变得更加不可满足。在看过这么多美景以后,根本没办法劝住自己,总是情不自禁地想继续走,只是走,在画里。随着时间推移,我距离海越来越远,在这里还会继续短暂地停留,只是知道这之后我会去北海。

247

248

第四十一天
我只想，闭着眼睛去流浪

耳边响着歌手金润吉的《路》："我只想，闭上眼睛去流浪，像一阵风一样，背着我行囊，自由是方向。"一整天。

第四十二天
我期待更有故事的明天

    中国有五个少数民族自治区，广西壮族自治区是其中之一。壮族是除汉族以外中国人口最多的少数民族。壮族的人口甚至比很多国家的人口都多。在这里，他们穿着传统民族服装，戴着漂亮的帽子，一样给人很独特的中国感受。

    还是不能习惯当地人的饮食，所以我每天晚上会在青旅为自己煮意大利面。饮食作为旅行的很大一部分，如果不能很快习惯的话，会有一些不方便，但是我觉得这是时间问题，如果在这里停留更久，我会克服这个问题，全身心地融入这里。

    对未来的期待使我无法停下脚步，于是我怀着童话般的期待准备明天离开这里，走出天堂。

第四十三天
东东和 Sayaka

被梦想叫醒的我还是回到了现实，因为离别，所有的动作都带着不舍的情绪而变得缓慢。整理好行囊来到青旅门口，想和这几天照顾我的老板东东和 Sayaka 留点纪念。

阳朔在我脑海里永久地烙下了象征和平的东东和 Sayaka。

冒险家孙东纯不仅是一个青年旅社的老板，更是一个作家，住在店里的时候我看了他的书，书里有一位冒险家，有一位诗人，有一位 Sayaka。东东是一片海，我只是一滴水。现在他变作我的好兄弟。他们期待我寒假再次来到这里。有机会我一定会再来桂林。

离开阳朔县，去桂林汽车站买去往北海市的车票，但是票卖完了。这时有个人说："来，跟我走，我有票带你去。"我跟着他走到了加油站里，看到一辆破旧的卧铺大巴车。这是我第一次坐这种卧铺汽车，虽然很脏，但也算是一次新的尝试。

很晚的时候到达了北海，找了青旅入住。因为心中对海的期盼，凌晨我便独自走向海的方向。但是万万没想到，居然被一排巨大的石头拦住了去路。听着海水就在对面拍击出浪花，我内心汹涌澎湃不可抑制，于是决定爬上巨石。

　　坐在大坝顶端，自由地垂下双足，张开双臂，呼吸着海的气息，听着浪的声音，看着海水将月光揉碎，拉出修长的影子直到我的脚尖。闭上眼睛就像回到了家乡，在爱琴海边自由地呼吸。

第四十四天
北海的好朋友 Mosa

　　Mosa 是一条常年定居在这家青旅的狗狗，今天我和它一起去海边玩耍。回来的路上，Mosa 一直低头咆哮着捕捉着什么，我仔细一看，居然是只蹿来蹿去的老鼠。这才忆起昨天夜里草丛中持续的窸窸窣窣的声响，我还纳闷是什么，原来是它。Mosa 陪着我玩了整整一天。明天就要上涠洲岛，但是两天内去涠洲岛的船都已经停运了。客栈老板介绍给我一艘私人船，可以帮助我登上涠洲岛。我再一次迫不及待地想上岛看看。

第四十五天
看，间谍！

为了登岛，我很早就到了海边，船主已经在焦急地等候了。偷偷摸摸，四下寂静，有一种偷渡客的感觉，以这种方式登岛让我对这里更加好奇。一路颠簸到了涠洲岛。上岛以后就看见一群本地人在一起，一边看向我们，一边抽着白色塑料管连接成的水烟。"看，间谍！看，间谍！"一阵议论的声音传到我耳边。我开始并不明白，后来才知道是因为中国海军的军演才禁止了涠洲岛的运输船只。一个背着背包，大胡子长头发的外国人登上距离越南很近的涠洲岛，自己想想也是很罕见的吧。刚刚上岛就知道了这样的事情，不用说后面一定会有更多神奇的事情要发生。

好奇心使然，我问了正在抽烟的本地人，这是什么东西。他们说："这是水烟，你来试一试！"我接过管子，做好吸气的准备以后，一口就将我呛得喘不过来气了。看着他们，我惊奇地问道："这是鸦片么？"一阵哄笑，原来这只是一种涠洲岛自己的烟。

我想在这片美丽的岛上看日出，却迷失了方向。他们告诉我日出的方向以后，我就背着包向着希望徒步而去。在一片视野辽阔的海边，我决定在这扎帐篷。

晚上海边有年轻人的篝火晚会，他们发现我以后，很吃惊地问我什么时候到岛上的，我便开始跟他们讲述我的故事。篝火上熏烤的鸡散发出让人垂涎的气味，他们将烤好的鸡与我分享，怀着感恩之心我慢慢地享用我的晚餐。

　　坐在帐篷里写下今天的记忆，岛上的年轻人已经回去，只留下一片空寂的沙滩和夜空中高悬的明月，倒影洒在海面，波光粼粼，像是围着月光的交响乐团，在为我演奏一支催眠曲……

第四十六天
没有现金,螃蟹也走了

太阳把帐篷内的温度提升了一些,我早早地察觉出来后就将帐篷拉到一棵大树的树荫之下,开始在岛上找银行。

关于银行的事情我应该讲讲。在北海时我已经跟爸爸说自己没有钱了,问他能不能借我一些。那时土耳其已经是晚上六点了,第二天早上九点钱才能到账,可是我在中国已经是下午三点了。由于停运,我已经没法选择,只能先跟船登岛。问过船长,确认岛上有银行以后我才放心地上船。但是到岛上以后才发现只有一家本地的银行,我的卡不可以在这里取钱,然而我的口袋里只剩下50块钱,如果回去,也买不了一张船票。怎么办的问题萦绕在我的脑海。

坐在帐篷边无奈地看着海,一个小女孩跑过来跟我打招呼:"你好,哥哥。你是哪里人啊?"我们开始聊天。她邀请我和她一起游泳,我很高兴能和小女孩一起在海边游泳。其他孩子看见了,也想要参与进来。和一群孩子一起在海边游泳嬉戏,烦恼瞬间抛到一边,只享受和孩子们一起无忧无虑的玩耍。

天色渐渐晚了,孩子们也回了自己家。我开始向帐篷走去,饥饿一阵一阵地袭来,但是却没有吃的,我带的面条都已经煮完了。这时我发现海边有人在抓螃蟹，就想起来在西安时住处旁边有一家卖螃蟹的店。其实我也是在海边长大的人，但是我们国家的人不吃螃蟹、青蛙、鱿鱼、甲鱼等很多海鲜。最搞笑的是，有次我逛菜市场时觉得卖海鲜的地方很好玩，于是拍了视频给妈妈看，她居然问："哇！你这是去了动物园么？"多么好笑啊！她竟以为是动物园。其实在三面环海的土耳其，鱿鱼和虾并不罕见，但是吃它们的人确实罕见，我们只是没有这样的生活习惯罢了。但是没有办法，实在是太饿了，我也只好去海边抓螃蟹。

　　首先我要有一只可以放螃蟹的桶子。找来找去终于发现了一个破旧的塑料桶，好像还能用，但是得清洗一下。抓到了三只螃蟹，可是不知道怎么吃。看看口袋里真的只有50块，50块什么都干不了，那就去吃饭吧。距离海边稍远一点有一家小餐馆，我去那里先看看。接过菜单后我发现都是海鲜，菜也非常贵。我犹豫着选择了一个貌似吃过、口味还能接受的鱿鱼。天都黑了的时候我回到了帐篷里。这时的涠洲岛就像一座孤岛，荒凉得一个客人都没有。面对这么窘迫的境遇，我也不知道要怎么办。

第四十七天
黄昏时分，遇到善良的小女孩

昨晚我就在帐篷里等待日出，一边期待着太阳从海平面跳脱的那一秒，一边想着今天要做什么。

帐篷就暴晒在太阳底下，没有一处可以隐蔽的。一晚没睡的我困得已经没有劲儿把帐篷再拉去别处了，一头扎进帐篷里就睡了。帐篷的门也没有拉起来，睡醒时我已经被海风带进来的沙子包围了。赤裸着上身，游完泳也没有冲澡就趴在帐篷里，太阳已经将沙子的温度升得很高，更不用说赤裸的背部已经晒伤。疲惫的我硬生生地被灼烧的疼痛感叫醒，顾不得那么多，向着海里跑去。嗞啦！感觉就像在热锅里浇凉水一样。

我想了想，还是需要把帐篷拉去树荫下，但是沙子已经灌进所有地方，一处不落，手机、iPod 都打不开了。非常非常饿，我只好继续去那家店吃 15 块钱的鱿鱼。其实菜单里没有这个价格的饭菜，当地人看到我如此窘迫以后请求老板卖给我最便宜的鱿鱼。饭店里一位年轻人跟我聊道，岛的南边有两股龙卷风登岛。我也不好意思告诉他们我没有钱，暗搓搓地回到我的帐篷里。

天气越来越糟糕，风越来越大。当我坐在帐篷里时，那个小女孩又来到我身边，关心地问我："你为什么住在这里，不去住客栈？"我只是回答她："我喜欢住帐篷，你不要担心我。"她好像看穿了我一样，说："你没有钱是不是？"我强装着回答她："你怎么会有这个想法！"风太大了，我想让小女孩赶快回家，但是又担心她自己回家不安全，于是我把帐篷绑在树干上，决定送小女孩回家……

  太阳已经开始落向另一边，我还是一个人在帐篷边看着海。忽然好像有人在向我的方向奔跑而来，面容越来越清晰——是第一天晚上在海边的篝火旁给我烤鸡的人。他很直接地问我："你在这里干吗？风这么大，来我的客栈吧！"我小声地说："我已经没有钱了。"他说："谁要钱啊！赶紧跟我回去。"风沙太大了，我们一起收了帐篷向客栈走去。沉重的背包摩擦着被太阳灼伤的背部，热辣辣地疼，可是我不想让他发现，便强忍着疼痛跟着他走。到了客栈以后，我发现那个小女孩就在他的客栈旁边住着。一定是小女孩告诉了老板。客栈的老板给饥饿的我做了晚饭，我狼吞虎咽地将食物放进嘴中，来不及细细品味就全咽下去了。

老板叫 Bobo，告诉我明天会有回去的船只，要帮我买票送我回去，我说："我的旅行还没到 51 天。"于是跟他讲述了一路上发生的故事。Bobo 说我可以在他的客栈住到 51 天结束。最近发生的所有事情好像都在阻止我的旅行，企图让我知难而退。感谢 Bobo 的帮助。

第四十八天
鬼节？

在 Bobo 的客栈洗完澡就剩下睡觉了，直睡到天黑。在客栈做义工的一个女生来敲房门，喊我过去吃饭。吃罢上岛以来最好的晚饭，随即展开了关于饮食文化的讨论。我告诉他们，在土耳其人们普遍认为中国人吃狗肉、虫子，除此以外，他们对于中餐没有更多的了解。然后 Bobo 就问我："要不要吃虫子啊？冰箱里有。"我思索了半天，还是接受不了吃虫子的事情，只是想如何谢谢他的好意："其实我已经吃饱了。"Bobo 有一点失落。但是我庆幸没有品尝虫子。

岛上白天一直在下雨，直到晚上雨才停下来。我邀请他们和我一起去海边，做义工的女生告诉我今天是鬼节。中元节在广东和广西叫鬼节。在中国，农历七月十五日的这个节日在公历里每年都是不一样的日子。做义工的两个女生害怕到不敢出门，这就是世界文化的多元性，同样的时间不同的地区有人因为节日不敢出门。每个文化都有不同的特色，这是一种很奇妙的感觉。在和他们交流的过程中，我能感觉到文化的交融，知道他们害怕什么，喜欢什么。今天是鬼节，我入乡随俗就不出门了。在客栈里，我们分享了很多恐怖故事。

第四十九天
鸡爪子为什么要留指甲

今天,我想拿口袋里最后的钱去超市买一点东西。在超市里又看见了那个小女孩,很好奇地问她在这里做什么。小女孩告诉我这个超市是他们家的。拿好东西准备结账的时候,小女孩跟她的妈妈说,可不可以不收这个哥哥的钱啊?她的妈妈说,你要帮助哥哥可以用自己的钱。她很爽快地答应了。我看着小女孩说:"你用自己的钱买巧克力吧,我可以用我自己的钱买的。"小女孩突然问我:"你是明星吗?"我很好奇她怎么会有这个想法。小女孩天真地看着我说:"你有吉他,你是外国人。"我笑着回答小女孩:"是的,我是。"走在回客栈的路上,突然听到很多脚步声在我的身后向我跑过来。回头一看,发现有很多孩子高举着纸和笔冲我喊着:"给我签个名吧!签个名吧!"看到那个小女孩我就明白是怎么回事了。给小朋友签完名回到客栈时,看见餐桌上有留给我的一盘饭菜。晚上我们去了海边溜达,听着能够慰藉我心的海的声音。虽然今天涠洲岛已经恢复船只通行,可是仍没有太多的客人,岛还是孤岛。

回到客栈后我们一起做晚饭,今天他们为了我买了很多海鲜,花甲、花螺、很多虾配着芥末,但是芥末的口味我还是不能习惯。桌子上还有鸡爪,Bobo热情地邀请我品尝鸡爪。昨天没有吃他给我的虫子，今天就来了第二个考验。还不知道怎么应对他的邀请，我就想起了在西宁火车站那个没吃的鸡爪——它又来了。现在貌似已经没有其他选择了，必须试试。我接过鸡爪放在嘴里，咀嚼鸡的指头好像在吃自己的手指一样。嚼到一个脆脆的东西，发现是鸡的指甲时，翻搅的胃催促我必须清理掉这些。去厕所吐掉这些以后，回来就被 Bobo 追问好吃不。我怕影响他的情绪，回答说非常好吃，瞬间盘子里又多了一个鸡爪。吃这顿晚饭真的太累！吃完我直接就回房间睡觉了。

第五十天
谢谢你，Bobo！

下午 Bobo 敲门时我才起床，他说，明天就是第 51 天了，我骑电动车带你去岛上转转吧。Bobo 和他的老婆，还有两个义工女生，我们一起环岛。岛上的人都信仰天主教，这里有两个教堂，一个是天主教堂，一个是圣母教堂。以前法国的传教士在这里传播了自己的信仰。这里有自己独特的氛围，种植着很多香蕉树，生长着皮肤黝黑、身材纤细的天主教老百姓。

岛上盛产香蕉，Bobo 请我尝当地的香蕉，买了很大一袋只要两块钱。一瞬间雨就来了，瓢泼似的。淋得像落汤鸡一样的我们赶紧回到客栈。离别前的最后一晚，他们为我做了非常丰盛的晚饭，但是气氛却总伴随着些许悲伤。Bobo 和我脸上的笑容都消失了，同样的气氛唤回了我在乌鲁木齐和德国朋友惜别前的记忆。明天是最后一天，随之旅行也要结束。一点都不舍得结束的故事就要宣告结束。为了感谢 Bobo 这几天对我的照顾，我把我的香水送给他，他送给我岛上人抽的那个水烟筒。

就在这时，那个小女孩来到了客栈的院子里，手上捧着很多东西，她说："哥哥，明天你就离开岛了，我想送给你礼物。"她送给我明信片，很多漂亮的皮筋，还有在我回去的路上用来充饥的榴莲饼。我想留给她更多开心的回忆，于是把皮筋扎在自己额头上，故意说道："哎呀，我头发太长了，可是没有皮筋。真是谢谢你。"一个小女孩把自己最喜欢的东西送给我，包含着她很多的不舍。在她给我的明信片里写着很多感动我的话：

"我希望你还能再来涠洲岛和我度过美好的时光，我百分之四十的可能去土耳其找你。我叫邓绮雯。白振国哥哥，非常感谢你能来涠洲岛，认识你是我最快乐的美好时光。白振国哥哥，祝你一路顺风。"

她还在明信片上画了我。她画的真像我。谢谢涠洲岛的好朋友邓绮雯，谢谢你在岛上一直照顾我，你是我认识的非常善良的孩子，我希望我们以后有缘还会再见面，再见小朋友。改天来我的家乡，白振国哥哥带你去玩儿。

雨一直下着，好像因不舍而哭泣。最不喜欢的就是离别的感觉，可这时它已经占据了我的心……

后记

  51 天的旅行已经结束很久了，我已经回到西安，回归于城市的生活，开学上课了。我也终于整理好了我的游记，选出了我拍得最好的照片，然后有了你现在看到的这本游记。我把我一路的见闻都分享给了同样喜欢旅行的你。做这些事情的时候，我一直在思考下一次出发去旅行该是什么时候，旅行是我一生都要践行的梦想。

  坐了 200 多个小时的火车，开了很长时间的车，去了很多省，有时候骑着马行走，有时候骑着驴玩耍，有时候偷偷摸摸上一个陌生的岛，有时候像一个孩子一样在沙漠上玩耍……吃了从来没吃过的东西，见了从来没见过的景色，体验了从来不曾听说的文化，有的时候饥肠辘辘没有食物，有的时候又能遇上一顿美餐，让我吃到嗓子眼……

  在路上，碰到过很多困难，但幸运的是我一直都能遇到愿意帮助我的热情的人，认识了很多好朋友，也听到了这些朋友后来传来的各种好消息：在乌鲁木齐遇到的德国朋友已经骑自行车到了土耳其，在涠洲岛认识的 Bobo 已经回了老家，在桂林认识的东东和 Sayaka 还在桂林过着惬意的生活……至于我，我在西安，搬了宿舍，有些晚上想去旅行的时候就去体育场，沿着跑道一直走，想象身边的一切都是美丽的景色。有时候在宿舍关门前几分钟背起我的双肩包，到一条寂静的道路上一直行走，路两旁都是参天大树，路上落满了叶子。我想象自己一直在路上，累的时候就从包里拿出毯子铺在草地上，然后躺在上面一直看天空，听着手机里下载的海的声音，想象涠洲岛布满星辰的夜空，尽管西安的空气很脏，看不见星星，尽管我回到宿舍后要听宿舍保安抱怨我回得太晚。

旅行不只是我的爱好，更是我的生活方式。我知道，有一天我还会再出发，要去走比这次更远的路。现在我只是在短暂地休息，我一直在等我下一次出发的那天。

下次旅行，陌生的文化，陌生的地方，陌生的朋友……